2031

Les sacrifiés du monde d'Après

Patrice Bègue

2031

Les sacrifiés du monde d'Après

Photode couverture: Patrice Bègue

Édition : BoD – Books on Demand,
12/14 rond-point des Champs-Élysées, 75008 Paris
Impression : BoD - Books on Demand,
Norderstedt, Allemagne

ISBN: 978-2-3223-9649-8
Dépôt légal: 10 / 2021

CHAPITRE 1

« ... Le tribunal vous condamne à cinq ans de prison pour propagande conspirationniste, en vertu de la loi sur la diffusion de fausses informations pouvant entraîner un trouble à l'ordre public. Suite à cette condamnation et au vu des éléments de preuve démontrant le danger que peut représenter votre livre, le tribunal ordonne son retrait de la vente et en interdit toute diffusion par quelque moyen que ce soit... »

Quelques mois plus tôt, en septembre 2031, la rentrée littéraire était en pleine ébullition. Pour Philippe Berton, les nouvelles étaient bonnes : le dernier roman qu'il venait d'éditer faisait des débuts prometteurs. Le texte avait atteint si vite la barre des 5 000 ventes sur tous les types de support confondus.

La petite maison d'édition affichait une nouvelle fois sa capacité à promouvoir de nouveaux auteurs. Toutefois, dans un marché hypercompétitif où les grandes maisons font la pluie et le beau temps, notamment grâce à leurs auteurs à best-sellers, il savait qu'un bon début ne suffirait pas à garantir le succès de son poulain. D'autant qu'aujourd'hui la culture est loin d'être la priorité d'une majorité des Français.

Alors, de manière à donner un coup de pouce supplémentaire à la réussite du livre, il avait obtenu un rendez-vous avec Sébastien Fletcher, un critique reconnu. Il est l'un des plus lus de la presse écrite. Il est également un des influenceurs littéraires les plus suivis, que ce soit sur son blog et les réseaux sociaux que sur les différentes plateformes numériques.

En revanche, l'homme fait partie de ceux que l'on redoute le plus. Pour beaucoup de jeunes auteurs, il représentait une vraie bête noire. Il accorde peu de crédit au primo édité, et il n'hésite pas à descendre les textes dans des articles assassins. Il ne laisse que peu de place à l'indulgence.

Le pari de Philippe de vouloir coûte que coûte un papier de Fletcher, pouvait paraître risqué. Une mauvaise note du critique anéantirait son ambition d'en faire un best-seller.

Une relégation au rang de navet qui mettrait à mal sa maison d'édition. Cela serait un vrai coup de grâce. Depuis quelques années, il n'avait pas réussi à faire des ventes mirobolantes. Les livres ne rapportaient que tout juste de quoi survivre. Mais Philippe était prêt à relever le défi, c'est avec audace qu'il en était arrivé à tenir toutes ces années.

Après tout, il en avait vu d'autres, lui qui avait été l'un des grands dénicheurs de talents dans les plus grandes et prestigieuses maisons d'édition parisienne.

Monsieur Philippe Berton était un homme reconnu et en vue dans le monde littéraire parisien. On peut même dire dans la culture française d'avant la crise de la Covid du début des années vingt. Certains des auteurs dont il était en charge, avaient subi des attaques violentes et provoqué des polémiques à fort retentissement médiatique.

Même si cela ne plaisait pas aux éditeurs, Philippe prenait la responsabilité du « bad buzz ». Il en faisait une arme qu'il retournait, le plus souvent, contre ceux qui les avaient provoqués. Il réussissait toujours à en tirer profit en vue de promouvoir les livres incriminés.

Il est bien connu qu'une bonne polémique fait vendre et suscite l'intérêt du public.

En 2021, ce fut à la surprise générale qu'il décida de tout plaquer. La décision faisait suite à son divorce. Il évoqua un besoin de se reconcentrer sur ce qui est essentiel à sa vie.

Après ce départ fracassant, personne ne pensait le revoir dans l'édition. Tout autant que pour son départ, en 2023, il surprit tout le monde en revenant à ses premiers amours en créant sa propre maison d'édition.

Très vite, ses talents de dénicheurs de manuscrits à fort potentiel de succès, lui permirent de se refaire un nom. Il mit en place un système de promotion et un cycle vertueux de vente qui offrait à ses auteurs une opportunité de vivre de leurs écrits.

Tout allait bien, jusqu'au jour où un jeune écrivain de 18 ans fut propulsé en haut des ventes à l'été 2025. Sans tarder, son livre souleva la controverse.

Dès lors, une pression médiatique se mit en route, tel un rouleau compresseur. D'un côté, il y avait les soutiens du livre, de l'autre, beaucoup plus nombreux, ceux qui le vilipendaient. Le sujet du texte était trop sensible : « *La jeunesse abandonnée par l'État durant la crise sanitaire* ».

L'auteur inexpérimenté, ne supporta pas tout l'acharnement dont il fut la victime, principalement les attaques venant des réseaux sociaux. Se sentant acculé, le jeune homme mit fin à ses jours en octobre de la même année.

Sa mort fit la une des médias. Cette surexposition avait fait exploser les ventes et permettre à Philippe de rentabiliser son affaire. Sa maison d'édition eut une publicité sans commune mesure.

Pendant plusieurs années, il allait crouler sous les manuscrits.

Des textes allant du pire aux pépites, et de ces dernières, il sut tirer avantage. Certains d'entre eux auront un succès honorable, suffisamment pour conserver la dynamique positive et pérenniser son entreprise.

Malheureusement, depuis 2 ans, la magie s'était estompée. Les bons textes se faisaient rares. Ses meilleurs auteurs n'hésitaient plus à aller voir ailleurs. Ils avaient bon espoir d'obtenir plus de retombées financières.

Quand dans les derniers manuscrits, il reçut celui de Pierre Contance, une lueur d'espoir l'illumina à nouveau. À sa lecture, Philippe ressentit une excitation, comme s'il savait déjà qu'il tenait là, un futur succès.

Le colis était arrivé au mois de décembre 2030 par la poste, une chose assez rare dans un monde au tout numérique. Pierre, lui expliquera à leur première rencontre qu'il ne faisait pas confiance aux e-mails. D'autant que de nos jours tout est surveillé.

Le texte lui, sortait complètement des nouveaux standards dictés par les grandes maisons d'édition et de tous ces best-sellers programmés.

La littérature avait fini par céder à la mode des suites. Elle emboîtait le pas au cinéma qui avait initié le mouvement depuis le début du XXIe siècle : celui de faire des séries comme à la télévision et au cinéma.

On retrouve ainsi chaque année, les mêmes auteurs avec leurs suites improbables. Des textes stéréotypés où chaque personnage et toutes les situations rappellent celles de l'épisode précédent.

Mais avec Pierre, il y avait un style et un propos différents, presque comme celui de Marc le jeune auteur de 18 ans au succès fulgurant en 2025. Avec l'aide et l'expérience de Philippe, le livre avait été bonifié et est devenu publiable. Tout en gardant le fond et la substance qui avait fait frissonner Philippe à sa première lecture.

Le livre est à présent en librairie et il marche. De plus, les lecteurs aiment au point de laisser des commentaires élogieux. Malgré tout, de petits accros dans les avis donnaient à penser que le livre pouvait attiser quelques polémiques.

Ce départ canon n'empêchait pas que les critiques littéraires le boudassent. Aucun d'eux ne semblait se donner la peine de le lire. Le monde de l'édition étant une jungle si riche de textes, qu'ils n'ont que l'embarras du choix.

En général, ils font le choix des maisons offrant le plus d'avantages en nature. Des stratagèmes bien connus de Philippe dont il n'avait plus les moyens.

Toutefois, grâce au rendez-vous qu'il a obtenu avec Fletcher, Philippe avait une aubaine qu'il espérait concrétiser autour d'un bon repas.

Dans ce but, il n'a pas lésiné sur le choix du restaurant, une bonne table fort réputée de Bordeaux. Un restaurant faisant encore partie d'une petite chaîne indépendante.

Midi trente le 17 septembre 2031, Fletcher et Berton se retrouvent sur le parvis du Grand-Théâtre de Bordeaux, les deux hommes s'engouffrent dans l'allée menant au restaurant.

— Bonjour, nous avons réservé pour deux au nom de Berton.

— Oui, je vous ai. Merci de vous identifier à la borne de contrôle.

Après s'être fait flasher le QR code, sur le téléphone pour Fletcher, Philippe, lui, présenta son poignet dans lequel il avait choisi d'y insérer un implant. Ensuite, ils accédèrent à la salle du restaurant.

Derrière eux, une scène plutôt rare attira leur attention.

« — Monsieur votre scan s'affiche rouge, merci de quitter la file d'attente. Je vous prierais de partir.

— Mais je n'ai que trois jours de retard sur mon rappel ! Vous pouvez me laisser passer, je viens régulièrement ici.

— Écoutes Louis, ne fais pas de scandale, tu ne peux pas venir avec nous. Retourne au bureau et on en parle plus tard...

— Non ! Je ne vais pas partir comme ça.

– Monsieur, veuillez vous écarter, il y a des gens qui attendent... »

Cette discussion ne les concernait pas. Un homme qui n'était pas à jour de son « pass », s'emportait. Rapidement, des agents de sécurité sont venus le calmer et l'emmener à l'écart.

Le « pass-sanitaire » mis en place 10 ans plus tôt avait tout changé dans le quotidien de tout le monde. Il s'était transformé entre-temps en un « pass-vaccinal ». Un outil obligatoire, qui s'imposait à tous les citoyens.

« – Excusez-nous pour ce triste spectacle. Veuillez me suivre. »

Le major d'homme conduisait Philippe et Fletcher à leur table. Ils marchaient en silence, tous deux savaient ce qui attendait cet homme.

Tous les scanners sont reliés à un serveur central. Celui-ci est contrôlé par une intelligence artificielle, qui transmet les informations directement à la police du lieu de domiciliation du contrevenant.

Une équipe d'agents allait se rendre au plus vite chez cet homme. De sorte que lui et sa famille soient consignés à leur domicile. Ils auront 48 heures pour régulariser leur situation.

Dans le cas où il n'aurait pas les moyens de se faire vacciner, il serait donc transféré dans un centre de détention.

Il s'y rendra seul ou en compagnie de sa famille. Tout dépendra du niveau de protection vaccinale des différents membres du foyer.

Quand quelqu'un arrive là-bas, au centre de détention, il y reste en attendant l'attribution d'un nouveau logement. Lieu qu'il rejoint en emportant le strict minimum d'affaires.

Loin de ces tracasseries, Philippe et Fletcher s'attablèrent.

— Je vous en prie, Messieurs. Je vous envoie un serveur.

— Merci.

— Le cadre est sympathique, je ne suis jamais venu, fit remarquer Fletcher.

— Tu ne dois pas venir souvent à Bordeaux. Pourtant, nous avons des auteurs reconnus, taquina Philippe.

— J'y viens souvent. Pour ta gouverne, mon père est originaire de Lacanau. Je connais beaucoup mieux la région, contrairement à ce que tu t'imagines.

Philippe était gêné de sa remarque. Elle jetait un froid sur le début de ce rendez-vous, pourtant si important.

— J'avoue que j'ai été maladroit. Au final, c'est vrai que les Parisiens sont pour beaucoup originaires des quatre coins de la France, relança Philippe en espérant se rattraper.

— Tout à fait, on oublie que pour faire des millions de Parigots, il fallait bien plus que quelques têtes de cons originels, rétorqua Fletcher en éclatant de rire.

Les deux hommes se connaissent de longue date même s'ils n'avaient jamais sympathisé. Leur relation restait cordiale et strictement professionnelle. Cc qui poussait Philippe à prendre des pincettes dans son approche.

— Au fait, j'ai remarqué que tu es resté au « pass » sur téléphone. Tu fais partie de ceux qui ont peur des implants ?

— Non, j'ai plutôt peur de ces criminels prêts à couper la main des gens et voler toutes les informations contenues sur la puce.

— Les médias exagèrent toujours sur ces agressions. Bien sûr qu'il y a eu quelques mains coupées, mais ça ne signifie pas qu'on doive se priver du progrès. En plus du gain de temps au restaurant, tu as sur toi toutes les informations nécessaires pour circuler et vivre librement. La puce sert de carte de paiement, de permis, de mutuelle et plein d'autres choses. En plus, tu as les informations médicales essentielles en cas d'accident, comme ton groupe sanguin, tes allergies...

— Si tu permets, ne nous engageons pas dans ce débat. Parle-moi plutôt de ton nouvel auteur, Pierre Contance. Au vu de ce que j'ai lu, il a du talent ou du moins son livre plaît.

— Déjà, il est différent de tous ces écrivains qu'on voit sur les plateaux télé. En même temps, il n'a pas été invité. Le plus important pour moi, c'est qu'il a écrit un roman qui sort des standards. Il dénote par son style. Mais plus encore, par les sujets qu'il aborde. On est loin de ce que proposent mes confrères.

— J'imagine très bien, connaissant ton goût pour ce qui est hors norme. Crois-tu vraiment que ce livre peut devenir le best-seller dont tu rêves ?

— Et il peut aller plus loin encore. Il peut être distribué à l'international. Avec un peu de chance, au passage on pourra glaner quelques prix littéraires. Le souci pour le moment, c'est qu'il faudrait que la profession s'y intéresse.

— Et c'est pour ça que tu m'as appelé avec tant d'insistance ?

Philippe acquiesça d'un sourire, néanmoins il ne voulait pas paraître en position de faiblesse.

Il savait que même si l'ambiance semblait amicale, elle n'était pas encore assez détendue pour que Fletcher accède à ses demandes.

— Maintenant, qu'on a choisi le repas, dis-moi franchement ce que tu attends de moi.

— Je n'attends rien ! Je souhaite juste que tu prennes le temps de lire le livre. Et que tu en fasses une critique.

— Tu es sûr de toi, c'est juste ce que tu veux ? Parce que vu le nombre de coups de fil et la quantité de mails, j'ai l'impression que tu souhaites un peu plus qu'un article.

— Pourquoi tu es si méfiant, que veux-tu que je te demande de plus ?

— Sache que je comptais lire ton roman. Dis-moi vraiment ton objectif.

— Si je t'ai invité, c'est pour être sûr que tu prendras le temps de lire le texte en profondeur. En même temps, je voulais te présenter l'auteur un peu mieux que ce qu'on trouve dans le dossier de presse.

Fletcher restait dubitatif. Il se tut et se contenta de manger, laissant Philippe mijoter dans son jus.

Puis d'un coup :

— Non sérieusement, tu penses que je suis venu à Bordeaux simplement pour t'entendre parler de ton auteur sous un angle différent du dossier de presse ?

Philippe resta sans voix. Bien qu'il sût parfaitement ce qu'il voulait, à aucun moment, il n'avait eu l'intention de le dévoiler sans enrobage.

La dernière question de Fletcher l'obligeait à revoir ses plans concernant la subtilité dans sa future demande.

— Désolé, j'avoue que mon but est de te voir apporter un angle de lecture différent. Même si, j'apprécie ce que les lecteurs ont publié jusqu'à présent. J'aimerais avoir une approche plus critique.

— C'est-à-dire ?

— Déjà ce que j'apprécie le plus chez toi, c'est ton manque de complaisance. J'imagine aisément que tu vas aimer le livre. Je souhaiterais donc que tu y apportes un regard différent. Tu peux faire une lecture, disons, transversale.

— Une lecture transversale ! Si je ne te connaissais pas, je ne comprendrais rien à ton discours. Malheureusement, je distingue parfaitement ce que tu cherches. Si je peux me permettre, je remarque que tu n'as pas tiré de leçon du passé. Tu souhaites faire un

« bad-buzz ». Et cette fois-ci, tu crois que ton écrivain pourra encaisser la pression ? Personnellement, je trouve les réseaux mille fois plus terrifiants qu'il y a 6 ans.

— Je ne te demande pas de t'attaquer à mon auteur. Contente-toi uniquement de poser des questions qui dérangent. Sans vouloir te spoiler, tu découvriras beaucoup de sous-entendus dans ce livre et surtout un certain nombre d'idées subversives qui peuvent soulever des discussions sociétales très actuelles.

— Tu me le vends bien ton livre. J'ai tout de même une sale impression que tu essaies de me manipuler.

— Loin de moi cette idée ! Je te promets que mes intentions vont dans l'intérêt de mon auteur et de la réussite de son livre. Je suis convaincu de son talent. Il mérite vraiment qu'on lui apporte le maximum d'attention.

Malgré les doutes, Fletcher était suffisamment intrigué par le discours et les manigances de Philippe. Il s'engagea à lire et à apporter un regard contradictoire sur le livre. Et il promit de publier un article sous une quinzaine de jours maximum. En revanche, l'article sera publié sans que Philippe n'en ait eu connaissance avant.

Fletcher dévora le livre. Il fut inspiré et plia son article en une semaine seulement. Celui-ci parut d'abord dans un quotidien national, puis le lendemain sur son blog et sur les autres plateformes numériques littéraires. Dans le même temps, il fit un maximum de posts sur les réseaux sociaux.

Une couverture si large et tellement suivie par ses lecteurs que les chiffres de ventes du livre s'envolèrent. Immanquablement, son article faisait la part belle à la polémique.

Fier de son coup de maître, Philippe s'empressa d'apporter la bonne nouvelle à son auteur.

CHAPITRE 2

Pierre Contance, l'auteur du livre, vivait dans un modeste pavillon qu'il avait hérité de son père. Il habitait une petite maison familiale retirée au sud de la métropole bordelaise, à Cestas, au bout d'une impasse dans un lotissement. Dans un renfoncement isolé des autres bâtiments qui lui permettait de vivre reclus.

Dans ce cadre calme et écarté, il s'était mis à écrire depuis un peu plus de trois ans. Ce passe-temps, lui servait d'exutoire de ses frustrations envers la vie.

L'écrivain était jusqu'à présent sur la liste des chômeurs de longue durée. Son dernier emploi remontait à quatre ans déjà, un poste de magasinier dans un des immenses entrepôts de la région.

Tous les géants du commerce en ligne s'y étaient installés, dans le but de répondre au plus vite à la demande et approvisionner autant le grand sud-ouest, que le nord-est de l'Espagne.

Une réponse au changement du mode de consommation depuis la crise du début des années vingt, où le télétravail s'est imposé comme la règle. Une évolution qui favorisait principalement les achats en ligne. Ajouté à cela le « pass-vaccinal », résultat, la plupart des gens ne sortaient que par obligation.

La nouvelle société est régie par des lois où les contrôles des citoyens sont continuels.

Même les repas entre amis ou entre collègues, se faisaient majoritairement en visio-repas. Chacun reste chez soi, et tout le monde se met d'accord sur le style de cuisine qu'ils souhaitent manger. Ensuite, chaque convive passe sa commande en ligne sur l'une des plateformes de restauration.

Les restaurants traditionnels sont dorénavant des lieux réservés à une classe aisée. À leur place, les cuisines centrales livrent en un temps record grâce aux drones. Toutes les cuisines du monde y sont représentées et préparées.

Après avoir choisi sur une carte virtuelle qui fait plusieurs dizaines de pages, on a plus qu'à choisir selon ses envies.

Avec les crises successives, peu de restaurateurs ont pu s'en sortir. Ceux qui existent de nos jours sont en général des prolongements de grandes chaînes nationales, voire internationales. Ces mêmes sociétés sont des succursales des géants d'Internet qui contrôlent les cuisines centrales.

Elles ont eu l'idée de se diversifier en profitant des nouvelles normes et restrictions de circulation des personnes. Parmi ces règles devenues indispensables, il y a la présentation d'un « pass-vaccinal » valide.

Celui-ci est obligatoire dans tous les lieux et contrôlé systématiquement. Ce laissez-passer est à renouveler tous les ans par une nouvelle dose de vaccin.

Malheureusement, dans ce nouveau monde, les vaccins ne sont plus gratuits. La dette Covid est passée par là. La France a été obligée de déréguler sa société en cédant à toutes les demandes de ses créanciers. Le libéralisme économique était la seule option possible en cohésion avec l'ensemble du reste du monde.

Dans ces conditions, le taux de chômage avoisinait les 30 %. Alors, en vue de réaliser le maximum d'économies, les aides aux chômeurs ont été ramenées au même niveau que pour tous les citoyens sans travail. Ils touchaient tous un revenu universel de 400 €.

À cette période, le SMIC fut fixé à 800 € pour 42 heures de travail. Ainsi, les 35 heures étaient payées, tandis que les 7 heures supplémentaires servaient à rembourser la dette.

L'écart entre revenu d'aide universelle et le minimum salarial, devait inciter le maximum de gens à aller travailler. Tout en sachant que seuls les salariés avaient droit à une mutuelle d'entreprise prenant en charge un tiers du coût annuel du vaccin.

Un vaccin dont le prix était prohibitif et atteignait 3 500 €. Un surcoût, dont la raison principale venait de l'anticipation des futures dépenses en recherches et développements. Ces investissements prévoyaient la nécessité de soigner les futurs variants Covid, mais également les autres maladies contagieuses.

Car dans l'injection du vaccin, il y a dorénavant une combinaison devant protéger de la grippe et de plusieurs virus bénins devenus non souhaitables dans notre société, telle que la gastro-entérite. On ne parle là que du vaccin commun accessible au plus grand nombre.

En effet, il existe des doses qui se font elles, que tous les 18 mois. Elles coûtent 8 000 €. Toutefois, elles ne sont pas couvertes par les mutuelles.

Dans ce nouveau monde « d'Après », si on ne peut pas se faire vacciner, on ne peut pas travailler. La société s'en retrouvait divisée.

Pierre ne rentrait dans aucune catégorie. Il avait eu de la chance dans son malheur, celui de recevoir une grosse somme d'argent suite au décès de son père en 2027. Depuis, il ne travaillait plus et restait chez lui, confiné comme une grande partie de sa vie d'adulte. Il passe le plus clair de son temps dans son salon devant la télévision.

Quand Philippe sonna à la porte, Pierre s'affola en se relevant de son canapé. Il était affalé depuis deux jours devant les chaînes d'informations en continu, à suivre la dernière affaire judiciaire tenant tout le pays en haleine. La sonnette l'avait fait sursauter, mais pour autant il n'alla pas ouvrir.

Philippe ne voyant personne venir, entra en utilisant la clé que lui avait confiée Pierre.

— Mais tu es là ! Pourquoi tu ne m'as pas ouvert ?

— C'est pour ça que je t'ai donné une clé, afin que tu n'attendes pas.

— Oui et imagine que tu n'étais pas seul, j'aurais eu l'air de quoi, moi ?

— Ne t'inquiète pas, je ne fais venir personne la journée. Et en plus en ce moment comme le livre se vend bien, j'ai trop peur que les gens me reconnaissent.

— C'est ce qu'on appelle la rançon de la gloire. Et tu ferais mieux de t'y habituer, parce que tu es rentré dans le top 5 des meilleures ventes de livres de cette belle rentrée littéraire.

— Vraiment ? Alors j'ai encore plus de raisons de ne pas sortir d'ici.

— Quand je repense à nos longues discussions du début d'année sur l'époque des confinements, maintenant tu t'enfermes tout seul.

— Ouais, c'est le résultat de ne pas avoir eu de jeunesse. Si on m'avait laissé avoir une vie sociale durant mes années d'étudiant, je ne serais pas comme ça. Au lieu de ça, on était enfermé dans 9 mètres carrés sans possibilité de travailler ou de faire du sport. On nous laissait sortir comme des prisonniers, pour faire une promenade d'une heure. On rentrait et on retournait s'allonger dans notre lit devant les séries.

Soi-disant, je faisais des études dans le but de réussir ma vie. Au bout du compte, j'ai vécu 2 ans de calvaire, pour finir dans une vie de merde. Je vais arrêter de me plaindre. Au moins, j'ai la chance de ne pas avoir fini dans un ghetto.

— Toujours la même rengaine. Et dans ton malheur, tu as eu de la chance que la mort de ton père t'ait permis de garder cette maison et d'être financièrement à l'aise.

— Tu parles d'une chance...

— Arrêtons de parler du passé, regardons ensemble ton avenir d'écrivain. Si je suis venu, c'est pour t'apporter l'article de Fletcher.

— C'est qui, lui ?

— Je m'en doutais que tu ne lisais pas les blogs et sûrement pas les articles des critiques littéraires. Tiens, prends le temps de le lire. Au fait, il y a une photo de toi.

— Comment ? Tu n'as pas fait ça ? Je t'avais demandé une seule faveur. Je voulais qu'on ne voie jamais ma tête. Maintenant, je ne pourrais plus inviter les filles ou chatter sur les sites de rencontre. Tu viens d'anéantir le peu de vie sociale que j'avais.

— Mais non, ne t'inquiète pas. Au contraire, tu pourras coucher avec qui tu veux maintenant.

Pierre avait commencé à lire l'article et au bout de quelques minutes, il éclata de colère.

— Alors, pourquoi il parle de mon livre comme ça ? Ce n'est pas du tout ce que j'ai voulu dire. Ton critique n'a rien compris. C'est n'importe quoi ! Je ne suis pas comme ce qu'il décrit.

— Ne te tracasse pas, ce ne sont que de petites remarques qui donnent du piment. Elles vont inciter les gens à acheter ton livre. Le critique n'a fait ça que pour faire vendre son journal, c'est tout.

— T'étais au courant ?

— Regarde, il dit que ton livre est bien écrit, qu'il entraîne le lecteur dans le monde des personnages. Il dit surtout que ton livre invite à la réflexion.

— Il dit aussi que le texte montre la paranoïa de son auteur envers notre société. Il prétend que j'exagère trop les traits de mes personnages. Qu'ils sont caricaturaux. Regarde ce qu'il écrit : « On frôle le délit de faciès ! ». Tu trouves ça positif ?

— Juste une petite polémique qui fait vendre, rien de méchant. Toi qui passes ton temps devant la télé, tu sais comment ils sont. Un peu de racolage avec des phrases provocatrices pour dire qu'il est critique et non complaisant avec l'auteur. Depuis sa sortie dans la presse et sur les réseaux, ton livre se vend comme des petits pains. Profite de la gloire qui t'arrive.

Pierre était inquiet, lui n'a jamais voulu qu'on le voie comme quelqu'un de provocateur ou de politiquement incorrect. Il a écrit son livre afin de parler de la souffrance humaine, éloigné de toute idée de jouer au moralisateur.

— Réponds-moi franchement, Philippe. Tu es derrière cet article ?

— Non. Comment peux-tu penser une seule seconde que j'ai quelque chose à voir avec ce qui est écrit ? Je suis là pour te soutenir et faire la promotion de ton texte. Malgré ce qui est marqué dans cet article, dis-toi que le plus important, c'est qu'il fait vendre. Prends le positif et laisse de côté tes préjugés.

— Toi et moi, on n'a pas la même notion de ce qui est important.

— Arrête de te morfondre sur ton sort. Aucun livre ne fait l'unanimité ! Tous, ils ont leurs détracteurs et leurs fans. Écoutes, j'ai de l'expérience dans la vie et le monde de la culture. Il faut que tu comprennes qu'un livre, c'est comme un être humain. Il y a des gens qui t'aiment, d'autres qui te détestent, et t'en as d'autres qui sont indifférents. Le plus important dans la vie est de s'attacher aux gens qui nous aiment.

— C'est profond ce que tu dis. Tu sais que je n'ai plus de famille et personne ne partage ma vie. J'avoue que je ne sais pas ce qu'est la relation avec les autres.

— Allez, viens ! On va sortir et se changer les idées. Tu veux qu'on aille au restaurant ?

— Non, ça va. Je suis bien ici. Je suis mal à l'aise en société. Commandons quelque chose et on va discuter autour d'un repas. Tu m'expliqueras ce que tu attends de moi maintenant.

— Je n'attends rien de toi, je suis juste venu parce que ça me faisait plaisir de t'annoncer les bons chiffres.

Philippe alla chercher une bière au réfrigérateur, tandis que Pierre commandait un repas en livraison. En attendant, ils s'installèrent dans le canapé devant la télévision et son flot d'informations en continu.

— Encore une affaire d'agression sexuelle de la police privée, lança Pierre.

— J'ai vu ça au journal. J'ai même interdit à ma cadette d'aller à un concert le week-end dernier. Je n'avais pas envie qu'un de ces porcs pose ses sales pattes sur ma gamine.

– En même temps, on leur a donné tant de pouvoir sans aucun contrôle.

– Cette affaire va finir comme les autres, ils font payer une amende et quelques dommages et intérêts aux victimes, et on en parlera plus.

– Jusqu'à la prochaine fois.

Pierre était désabusé du comportement et du pouvoir qu'avait acquis la police privée.

Leur pouvoir et leur influence n'ont jamais cessé de croître depuis les prémices de leur création lors de la loi de sécurité globale de 2020.

La mise en place effective, de la police de sécurité privée s'est produite en 2025 suite aux différents attentats durant les Jeux olympiques de 2024.

Au cours de cet événement majeur, les agents de sécurité étaient nécessaires. Ils secondaient la police nationale dans la sécurisation des différents sites. Ils en ont tous deux payé un lourd tribut, lors de la série d'attaques qui a touché Paris durant l'été 2024. Ils ont été aussi héroïques les uns comme les autres.

L'un des faits marquants, en tout cas médiatiquement, fut l'attitude de deux agents devant une entrée du stade olympique. Ils n'ont pas hésité à plaquer au sol un terroriste transportant une bombe.

Un drame immense a pu être évité, néanmoins l'explosion fit quand même trois victimes : le terroriste et les deux agents de sécurité.

Leur geste a fait d'eux des héros d'une nation meurtrie. Leur mort dans l'exercice de leurs fonctions, poussa les agents de sécurité à demander une meilleure reconnaissance et prise en compte de leur travail, notamment concernant les risques auxquels ils s'exposent.

Dans un premier temps, ils acquièrent des pouvoirs accrus dans le domaine du contrôle des personnes. Puis, on leur donna le droit d'intervenir dans les tâches de sécurité publique, surtout lors des événements de grande ampleur.

La bascule et l'appellation de police privée sont intervenues suite aux grandes manifestations de 2027. Ces contestations ont fait suite à la réélection pour un 3e mandat du président sortant. Leur rôle allait être déterminant dans la répression.

Le nombre de manifestants avait atteint des niveaux records, on était proche d'une révolution. À l'inverse, le nombre de policiers et de gendarmes n'était plus suffisant. Ils n'arrivaient plus à faire face aux vagues de protestataires.

Le choix du gouvernement fut radical, il décida de faire intervenir les sociétés privées en leur offrant les mêmes droits que la police nationale. À la suite de ces désordres sociaux, L'État proclama la création de la police privée.

Une reconnaissance officielle et controversée aux yeux de l'opposition, qui venait en remerciement de leur implication et de l'aide qu'ils ont apportées dans le retour au calme.

Cette nouvelle force de sécurité fut dotée des quasis mêmes pouvoirs que la police nationale dans leur rôle de protection de la nation. Leur responsabilité est largement au-dessus de la police municipale, car elle intervient sur tout le territoire et elle avait l'autorisation d'utiliser les gaz à lacrymogène. Toutefois, ils ne peuvent pas encore faire les enquêtes judiciaires.

Cette redistribution des cartes, fut une aubaine pour les multinationales en sécurité. Elles se sont immédiatement engouffrées dans la brèche. Leur lobbying permit de conforter leur pouvoir et d'agrandir leurs champs d'action. La police privée est maintenant partout, et cela en dépit des scandales, notamment celui du dernier procès en date.

Le procès en question, concernait une nouvelle tentative des victimes d'avoir gain de cause et faisant suite à une longue série de plaintes sans succès. Les raisons étant encore et toujours les mêmes, des parents qui portent plainte pour agression sexuelle sur mineures.

Les faits reprochés décrivaient toujours le même procédé, celui d'une palpation approfondie d'agents hommes sur des adolescentes de moins de 15 ans. On se retrouvait avec la parole de jeunes victimes face à celle d'adultes assermentés.

Du point de vue des policiers privés, ce n'est qu'une simple fouille au corps effectuée aux entrées d'un concert. Ils profitaient ainsi d'une décision de justice de 2029, dans laquelle un juge avait statué en ces termes : *« En vertu de la loi sur l'égalité entre les hommes et les femmes, et en l'absence d'agents femmes, les agents hommes ont autant le droit de fouiller et de palper les parties génitales d'une femme que si c'était pour un homme. »*

De plus, le juge avait précisé dans son compte rendu que *« ... Les seins n'étaient pas une partie sexuelle et de fait, la palpation mammaire lors d'une fouille corporelle ne pouvait être apparentée à une agression à caractère sexuel. »*

Depuis, à chaque concert important, les agents se trouvent n'être que des hommes. Comme le risque d'attentat est continuel, ils ont le droit de pratiquer des fouilles au corps à toutes les personnes qu'ils jugent suspectes. Bien entendu, le nombre de femmes entrant dans cette catégorie est étrangement, exponentiel.

En raison de la jurisprudence, les plaintes actuelles ne concernent que des filles de moins de 15 ans. Une tentative désespérée de la part des féministes qui souhaitent redonner du sens à leur combat face à ces nouvelles règles qu'elle juge sexiste.

Même si beaucoup de femmes considèrent cela indécent, la majorité d'entre elles se contente d'accepter les choses telles qu'elles sont. Un fatalisme, où elles suivent juste la loi.

De plus, à cette résignation judiciaire, les firmes de la police privée usent de leur pouvoir financier. Elles n'hésitent pas à étouffer les affaires avec des chèques. Et pour les récalcitrantes, elles vont jusqu'à faire pression sur les plaignantes.

Ce renoncement de la société face aux intimidations, avait le don de mettre Pierre hors de lui. Il réalisait enfin, qu'au travers des multinationales de la sécurité, au plein pouvoir, se matérialisait l'emprise de l'État sur nos vies. Celui-ci tendait de plus en plus vers l'autoritarisme.

Son ressentiment contre la police privée remontait à la mort de son père. Ce dernier était tombé sous les coups de trois agents qui l'ont tabassé lors des manifestations de 2027.

Une mort filmée par les médias, et pour laquelle la justice avait condamné les agents.

De surcroît, l'État aussi avait été rendu responsable de l'exaction des agents, car ils agissaient sous l'autorité du ministère de l'Intérieur.

Une victoire qui avait mis Pierre dans un confort financier, il avait reçu une indemnité de 1 000 000 € de dommages et intérêts.

Afin de comprendre, comment on en était arrivé là, il faut retourner en 2025. La France était confrontée à un manque de policiers. Un problème récurrent du au fait que la police nationale ne faisait plus recette depuis 2024.

Et pour cause, un peu avant le début des Jeux Olympiques, elle fut la cible principale des attentats. Les terroristes avaient réussi à déclencher un désordre sans précédent au sein des forces de police. La peur d'être la cible systématique des attaques, avait pris le dessus dans l'esprit de chaque agent.

Par la suite, les terroristes ont repris leur politique d'horreur et visé le plus grand nombre.

Avec l'avènement des forces de sécurité privée de 2025, les sociétés en sécurité profitaient de leur attractivité financière pour recruter toujours plus d'agents. Ainsi, dans leur action de maintien de l'ordre dans tout le pays, elles proposent leurs services à l'État au prix le plus élevé.

En revanche, dans l'esprit de Pierre, ces milices étaient un ennemi, à qui il a offert une place de choix dans son livre. Il n'hésitait pas à en faire l'une des principales causes du mal-être de notre société.

La visite de Philippe s'acheva après le repas et un débat stérile qui voyait les deux hommes se plaindre de la société actuelle, mais pas du tout pour les mêmes raisons.

Ils avaient aussi pris le temps de se remémorer le passé, les bons moments de liberté, d'avant la grande pandémie des années vingt.

CHAPITRE 3

Les semaines suivant la parution de l'article de Fletcher, le livre de Pierre était de plus en plus décrié. Une tourmente médiatique que Philippe n'avait pas prévue.

Le roman devint la nouvelle cible d'une société trop bien-pensante. Elle s'est empressée de prendre parti contre un texte qui bouscule les règles établies.

Du point de vue de l'auteur, son texte était un appel à la tolérance. À l'inverse, ces détracteurs y relevèrent avant tout, ce qu'ils ne souhaitaient en aucun cas voir dans notre société.

Les premières attaques virulentes vinrent des communautaristes. Un livre qui parle d'un couple gay, l'un Musulman et l'autre Juif, ne pouvait que faire ressortir l'intolérance de chacune des communautés.

Elles sont prêtes à accepter un couple gay, mais uniquement de la même confession. Elles tolèrent encore moins l'idée, que cela se passe entre deux communautés qui n'ont de cesse de s'affronter.

Les crispations religieuses furent vite rejointes par celles des féministes. Elles reprochaient au livre son approche du personnage féminin. L'auteur décrivait une femme ayant recours à la prostitution pour s'en sortir, et quitter le ghetto.

Une vision jugée rétrograde de la femme qui la réduit à sa basse condition d'objet sexuel.

Puis, ce fut au tour des associations de défense des gens de couleur d'origine africaine. Il leur semblait anormal que le vendeur de drogue du livre soit un immigré noir venu d'Afrique. Pour eux, c'est une vision passéiste, une résurgence de l'esclavagisme et de la soumission des Noirs.

Comme si, ces derniers ne trouveraient pas d'autres solutions à leur existence, que d'aller vendre de la drogue pour survivre.

Et enfin, il y eut l'attaque des militants de la nouvelle écriture française. Eux, ils militent dans l'intention que l'écriture inclusive soit définitivement la seule à être officielle. Pierre ne maîtrisant pas ce style, avait pris le parti d'écrire en français traditionnel. Philippe avait refusé d'investir dans la double publication et une réécriture en inclusive.

La pression montante poussa Philippe à aller à la rencontre de Pierre afin de le rassurer. Il lui offrit un nouveau téléphone dans l'intention qu'ils puissent communiquer ensemble sur une ligne directe. Un impératif, vu que tous les autres canaux étaient la cible d'opposants au livre. Certaines de ces personnes n'hésitaient pas à proférer des menaces de mort à l'encontre de Pierre.

Tandis que dans un premier temps, le roman avait reçu un bon accueil du public, les lecteurs se rangeaient dorénavant en nombre, derrière l'avis de la majorité.

Un revirement que Philippe découvrit dans un sondage diffusé à la télévision. Maintenant que le livre était pris dans une tempête médiatique, il dut accepter de jouer le rôle de pompier de service en participant à une émission à grande écoute.

Il était l'invité d'une chaîne populaire où les téléspectateurs pouvaient intervenir en direct via les réseaux sociaux. Un mécanisme qui avait pris une ampleur démesurée ces dernières années, et qui donnait la priorité au ressenti du spectateur.

De fait, il n'y avait que peu de filtres, au point qu'à certains moments, les invités se retrouvaient dans la tourmente. On se croyait en pleine jungle, tant la violence des propos n'était pas censurée ou du moins à peine nuancée par les journalistes. Pour la chaîne, c'est l'audimat avant tout.

— Bonjour, nous recevons aujourd'hui Philippe Berton, l'éditeur du très controversé roman « *Libéré des pressions* ». Nous n'aurons malheureusement pas l'opportunité d'entendre l'auteur sur ses écrits. Alors Philippe, dites-nous pourquoi votre écrivain fuit-il ses responsabilités en ne communiquant pas avec les médias ?

— Bonjour, je vous remercie pour votre invitation. Mais je tiens d'abord à rectifier une information : Pierre Contance ne fuit pas les médias. Il n'est pas à l'aise avec les caméras et les micros, et tout le monde journalistique. Avec mon équipe, nous faisons tout ce qu'il faut pour qu'il puisse donner une grande interview et expliquer sa version de son œuvre. Ce n'est pas le premier écrivain à ne pas réussir son entrée dans le monde médiatique.

— Peut-être, mais on a l'impression qu'il n'assume pas son texte. Il n'a même pas fait un seul communiqué de presse de manière à apaiser ses opposants. En plus, il est absent de tous les réseaux sociaux. Parfois, on se demande si c'est un fantôme. Dites-nous franchement, ne serait-ce pas un de ces illuminés qui prônent un retour aux pratiques et une vie telle qu'elle l'était au siècle dernier ?

— Pas du tout. Ce n'est pas un fou, ni un fanatique. Au contraire, c'est un homme intelligent, mais réservé. Il est très émotif et il ne comprend pas ce qui se passe autour de son livre.

— Vous semblez décrire quelqu'un qui a subi un traumatisme. Est-ce le cas ?

— Oui. Cet homme est un orphelin. Il a perdu sa mère en 2020 de la Covid-19 et son père est mort en 2027 sous les coups de matraque. Une bavure...

— Une bavure ! Vous en êtes sûr ? Son père agissait au milieu d'une manifestation interdite et violente. En compagnie des extrémistes qui menaçaient notre démocratie. Je vous rappelle que le président a été élu par la majorité.

— Je ne suis pas ici pour juger des faits politiques qui ont conduit au drame. Mais je voudrais revenir sur le fait que la société International Security a été condamnée. Tout comme l'État, puisque les agents agissaient sous l'autorité du préfet de police.

— Pourtant son père faisait partie d'un groupe appelant à la décapitation du président.

— Il n'y a aucune preuve à ce jour de ce que vous avancez.

— Les chiens ne font pas des chats ! Et peu importent ces faits, votre auteur refuse d'assumer ses écrits en s'expliquant publiquement.

Le débat semblait pipé d'avance, comme si le journaliste menait une croisade au nom des téléspectateurs contre Pierre.

— En faisant quelques recherches, nous avons appris que Monsieur Contance ne quitte pas beaucoup son domicile. Comment a-t-il pu écrire un livre qu'il prétend correspondre à la réalité de notre société ?

— Vous avez raison, personne n'écrit en restant enfermé chez lui. Et les recherches sur Internet sont insuffisantes pour alimenter un texte si riche. Pierre a su s'entourer de personnes qui lui ont permis d'accéder aux informations qu'il souhaitait.

— Vous voulez dire qu'il y a des gens qui l'ont aidé. Qui sont-ils ?

— Tout comme pour vous les journalistes, on ne révèle pas nos sources.

— Très drôle. Mais pourquoi lui ne vient pas nous parler ?

— Vous et moi, nous sommes nés au XXe siècle. Nous avons eu une vie différente dans une époque d'insouciance. C'était un temps où les rapports sociaux n'étaient pas dictés par la loi. Pour la génération née en 2000, leur jeunesse a débuté dans le confinement. À cette fameuse phrase : « *Qu'avons-nous fait de nos vingt ans ?* », nous pouvons répondre que nous avons fait tant de choses. Alors que dans leur cas, ils ont si peu fait.

— À vous écouter, on croirait entendre ceux qui reprochent à l'État d'avoir pris des mesures de préservation contre la pandémie ?

— Non, ce n'est pas mon propos. Le souci de cette jeunesse, c'est qu'elle ne sait pas ce que ça fait d'avoir 20 ans, comme nous à notre époque. Ils ont vécu dans un manque de relations et d'interaction sociale. Ils ne connaissent que les réseaux sociaux. Pierre n'a pas eu la chance de connaître les festivals d'été. Leur vie a été enfermée de sorte qu'ils ne savent pas prendre la parole en public, sinon ils ne le font que par écran interposé.

— Votre analyse est intéressante. Cependant, vous reconnaîtrez que beaucoup de jeunes des années vingt ont su se réinventer. Ce sont des trentenaires épanouis.

— On ne peut pas dire que c'est la majorité. Loin de là !

— Vous donnez l'impression d'avoir beaucoup de choses à reprocher à notre société actuelle.

— Je suis ici pour vous permettre de cerner Pierre et son environnement. Et pourquoi il a écrit ce roman.

— Vous justifiez donc l'absence de votre auteur en accusant notre société !

— Pas du tout. Mais reconnaissez au moins que le télétravail limite les interactions sociales. Et les gens de nos jours se rencontrent essentiellement après s'être connus sur Internet. Dans une logique où chacun tente de s'assurer que leur interlocuteur vit bien en dehors d'un ghetto et a sa dose vaccinale.

— Vous dépeignez un tableau terriblement sombre. Beaucoup d'intervenants sur les réseaux trouvent vos propos réactionnaires. Faites-vous partie de ceux qui pensent qu'on peut revivre comme avant 2020 ? Un peu comme dans ce livre « *Libéré des pressions* » où les personnages espèrent une société nostalgique, qui n'a en plus, jamais existé ?

— Vous êtes dur avec le livre. Pourtant, quand je l'ai lu, j'y ai vu une lueur d'espoir au travers de ses personnages. Ils font tout ce qu'ils peuvent pour quitter leurs conditions. Une vie sous la pression sociale des communautés et d'un système obligataire.

— Finalement, vous et votre auteur, vous n'êtes que des rétrogrades. Vous surfez sur la nouvelle tendance du « *c'était mieux avant* ». Néanmoins au regard de l'histoire, le monde était loin du bonheur...

La joute verbale ne cessait de s'éloigner du livre. Tandis que le retour sur les réseaux sociaux montrait que l'émission était fortement suivie. Autant le journaliste que Philippe furent encouragés à poursuivre leur débat de société sans intérêt hormis celui de rendre le livre encore moins clair dans l'esprit des téléspectateurs.

Après l'émission, Philippe ne retint qu'une chose, les ventes ont continué de progresser. En dépassant les 100 000 exemplaires, Pierre entrait dans un cercle fermé des auteurs à grand succès.

Mais l'autosatisfaction de Philippe contrastait avec les appels d'un grand nombre de censeurs de tout bord. Ils demandaient tous, le retrait du livre. Et pour atteindre leur objectif, ils invoquaient toutes sortes de raisons, et n'hésitèrent pas à déposer un maximum de recours en justice.

Bien malgré lui, Pierre se retrouvait sur le banc des accusés. Pas encore celui des tribunaux, mais pire :

celui des plateaux télévisuels. Lieux où sévissent des chroniqueurs en tous genres qui s'attaquaient à son texte et commentaient sa vie, même privée. Ils en arrivèrent même, à utiliser de fausses informations.

Tous les sujets étaient évoqués, de la mort de sa mère au drame de son père, sa vie était mise à nu et jetée en pâture à un public assoiffé de scandale.

Sa vie était ainsi revisitée et offerte aux téléspectateurs assis dans leur canapé à la maison. Un divertissement dans cette fenêtre sur le monde de dehors et ses péripéties, que beaucoup s'accordaient entre deux réunions de télétravail.

Une des parties de sa vie le plus raillée fut sa carrière professionnelle. Elle a été passée au crible. Les journalistes sont allés jusqu'à interviewer d'anciens collègues. Leurs propos ne servaient qu'à l'enfoncer aux yeux de toute la France.

D'autant plus que certains de ces anciens collaborateurs, avec qui il n'avait eu comme échange que de simples « *bonjour* » pendant des années, le faisaient passer pour un fou.

Il toucha le fond, quand ces ex-supérieurs sont venus sur les plateaux en tant que spécialistes, afin de dresser son profil psychologique. Évidemment, ils le dépeignèrent en des termes peu élogieux.

Il était étonnant de voir avec quelle facilité les gens arrivaient à le décrire sans même le connaître. Ces attaques mirent un coup au moral de l'écrivain.

Pris dans la spirale médiatique, Pierre prenait conscience que les chaînes dites d'informations dont il était féru, sont avant toute chose promotrices de la désinformation. Il constata que les premiers fabricants de fake news n'étaient autres que ceux qui prétendent les débusquer.

Assis devant sa télévision, Pierre assistait à un débat d'une violence inouïe à son encontre. Ce moment de télévision, allait remettre en question sa vision du monde.

« – Vous savez ce qui me gêne le plus dans ce livre ? C'est la place des Noirs. Ce personnage immigré clandestin et vendeur de drogue est un cliché du siècle passé. De nos jours, il y a des hommes et des femmes noirs qui occupent de hautes fonctions. Que ce soit étatique ou entrepreneurial. Mais dans ce livre, on ne voit que les néoghettos et des jeunes trafiquants qui

croient encore que l'argent de la drogue est leur seule issue.

— Oseriez-vous contester le fait que le trafic de drogue dans les ghettos soit dirigé par des groupes issus de l'immigration ?

— Ces mots ne m'étonnent même pas de votre part. Les idées de l'extrême droite sont définitivement implantées dans la conscience collective. Nous sommes responsables des maux de la France et de l'Europe. Vous auriez préféré nous voir avec des chaînes et des boulets ?

— Et voilà ! Encore l'histoire de l'esclavage qui refait surface. C'est toujours le même refrain dès qu'un blanc porte un œil critique sur la communauté noire.

— Messieurs ! Ne nous éloignons pas du sujet, reprit le journaliste. Et écoutons ce que Monsieur Arthur a à dire.

— Pour ma part, je constate qu'en plus du racisme il y a l'homophobie. Ce couple gay venant de deux communautés religieuses opposées, et qui s'aime malgré une désapprobation familiale. C'est un cliché indigne d'un livre du XXIe siècle. Nous avons dépassé ce débat et nous sommes parfaitement intégrés à la société d'aujourd'hui.

– *C'est vrai, pourquoi les personnages viennent de ces communautés ? L'auteur, par ses propos, ne cherche uniquement qu'à discréditer ces religions. Bien loin de leur vision progressiste qu'elles affichent depuis quelques années.*

– *Excusez-moi, mais vous ne pensez pas que l'auteur a voulu dénoncer le communautarisme qui s'est développé ces dernières années ?*

– *Pas du tout, répondu collégialement les invités.*

– *Pardon de vous interrompre. Je voudrais qu'on prenne le temps de parler du sexisme du livre. Avec cette femme qui se prostitue pour sortir du ghetto. Et le plus dommageable est le fait qu'elle s'en sort grâce à ça. C'est tout simplement une image arriérée de la femme. On voit dans ce discours, la patte d'un homme machiste, voir frustré. Celui qui a écrit ce texte veut cantonner la femme à la chambre à coucher.*

– *Et vous en pensez quoi des scandales d'accusation d'attouchements qui concernent la police privée ?*

– *Ce livre contribue à la violence dont les adolescentes sont victimes... »*

Pierre restait penaud dans son canapé, tant il ne comprenait rien à ce qui se passait. Il n'avait jamais voulu écrire un livre avec des propos injurieux et encore moins racistes. Il ne comprenait pas que les gens puissent lire son livre en l'abordant avec cette vision et en l'interprétant de la sorte.

Et en repensant aux personnes l'ayant inspiré, il se demandait s'il n'avait pas fait une erreur en écrivant sur eux.

Car le couple gay dont il parle, existe bel et bien. Ses amis ont préféré fuir au Mozambique afin d'éviter les représailles de leur famille respective. Pierre ne voulant pas les mettre dans une situation délicate, avait choisi de modifier la fin de son histoire avec une sorte de happy end.

Sans oublier sa meilleure amie femme de ménage, Emmanuelle vivait dans le ghetto au nord de Bordeaux. Son métier était à temps partiel et ne lui permettait pas d'avoir les moyens de payer le reste à charge de la vaccination. D'autant que ses droits à la mutuelle, sont au prorata de son contrat. Son assurance ne couvrait que 15 % de la facture.

Elle profitait donc de son droit de sortie pour se prostituer et ainsi gagner plus d'argent afin de mettre le vaccin. Ce sésame lui permettrait de quitter la France.

Les ghettos, ces lieux sont apparus au fur et à mesure que le « *pass-vaccinal* » gagnait de l'importance dans tous les domaines de la vie quotidienne.

L'obligation vaccinale imposa aux plus réfractaires de se mettre en marge de la société. Malheureusement, dès 2025, il devint indispensable, même pour louer un logement. Des circonstances inédites, qui précipitèrent beaucoup de familles en dehors de chez elles.

Mais suite à un reportage, montrant ces familles qui dorment dans les rues en plein hiver, un mouvement de solidarité poussa le Conseil constitutionnel à reconnaître un droit au logement aux non-vaccinés.

Pendant un instant, la France retrouva un peu de fraternité. Le genre de moment que seule la magie de la télévision peut nous offrir.

En quelques semaines, le pays découvrit le nombre important de non vaccinés. Une mise en lumière qui fît apparaître au grand jour une catégorie silencieuse. Une population déclassée, prise au piège des décisions politiques qui étaient basées sur l'émotion des décideurs, plutôt que sur la cohésion sociale et des projets réfléchis.

L'État mis au pied du mur face à ces Français de seconde zone, fut obligé de réquisitionner des places dans les HLM. Il les logea exclusivement hors des grandes agglomérations.

Aussitôt, la présence des non-vaccinés dans les quartiers désignés, créa des tensions. Les autres locataires vaccinés dans le voisinage, virent tout cela d'un mauvais œil. Ils réclamèrent le droit d'être protégés de ces individus.

Néanmoins, ne voyant rien bouger du côté des autorités, la majorité d'entre eux fit le choix de s'en aller. Les prémices des ghettos étaient nées.

Le terme de ghetto ou néoghetto fut utilisé officiellement en 2028. Une loi fut proposée afin de matérialiser la séparation physique entre les bons citoyens et les insoumis. Une loi adoptée a l'unanimité.

Après la déréglementation du marché du travail et la mise à mort de la Sécurité sociale, une nouvelle étape devait offrir les meilleures conditions dans le but d'accélérer le remboursement de la dette Covid.

Ce nouvel objectif fit dire au gouvernement : « *Quoi qu'il en coûtera à notre société et à ses valeurs, nous devons créer les conditions pour protéger les bons citoyens ».*

Au final, le libéralisme à outrance était la seule solution envisageable et envisagée. Très vite, le prix des nouvelles doses de vaccin fit s'envoler le nombre de Français définis comme insoumis. En un temps record, les ghettos se remplirent.

Un cocktail qui attisa les tensions et instaura un environnement explosif, que l'État ne souhaitait pas gérer. Il confia alors la gestion des ghettos aux deux géants de la sécurité : International Security et Glogal Security Company.

Ces derniers ne tardèrent pas à quadriller les territoires qu'on venait de leur confier, pour enfermer les populations concernées, parfois brutalement, dans un système de contrôles intensifs stricts.

Les ghettos devinrent des territoires sous autorité de la police privée. Toutefois, les interactions encore possibles entre insoumis et vaccinés étaient jugées comme préoccupantes par le corps médical.

Le Parlement prit alors ses responsabilités, et vota la construction des murs encerclant les zones désignées comme ghettos.

Dorénavant, quand on veut sortir des ghettos, les personnes doivent posséder une autorisation : soit exceptionnelle régie par un cadre très strict, soit régulière pour le travail.

Les métiers accessibles aux insoumis ne concernaient que les tâches jugées subalternes, tels que les femmes de ménage, les éboueurs et tous les métiers manuels qui ne mettaient pas en contact un vacciné et un non-vacciné.

La meilleure amie de Pierre, Emmanuelle, était enfermée dans un ghetto au nord de Bordeaux. Afin de s'en sortir, elle est devenue femme de ménage. Une situation qu'elle trouvait injuste au vu des diplômes qu'elle avait.

Malheureusement, la vie l'avait amené à épouser un alcoolique. Elle avait cru bon de le suivre dans le ghetto quand il avait perdu son travail.

Aujourd'hui, elle était veuve et quittait le ghetto dans un bus, habillée d'une combinaison de protection jetable, d'un masque intégral avec cartouche de filtration et des gants.

Elle portait cette tenue tout le temps qu'elle était en territoire sous « pass-vaccinal » jusqu'à son retour au ghetto. À ses yeux, elle vivait dans une injustice, due au prix exorbitant des vaccins.

Un tarif qui ne lui permettait pas de quitter cette vie. Le problème principal des travailleurs à faible revenu, était la récurrence de la vaccination.

Le travail de nettoyage d'Emmanuelle, se faisait pour l'essentiel la nuit dans des bureaux d'affaires. Là-bas, elle avait fait connaissance avec des hommes esseulés. Ils finissaient régulièrement tard le soir, et ils n'arrivaient pas à faire de vraies rencontres amoureuses.

Un jour, l'un d'entre eux fit une proposition à Emmanuelle, qu'elle jugea indécente. Bien qu'elle refusât dans un premier temps, elle y songea longuement. Elle y vit là, une opportunité d'améliorer ses revenus.

En cédant, elle avait l'espoir de gagner assez d'argent et s'imaginait déjà pouvoir se payer un « pass-vaccinal ». Elle rêvait de partir de France pour rejoindre un pays où le « pass » n'était pas nécessaire dans la vie de tous les jours.

Cette nouvelle émigration vers le continent africain, sud asiatique ou encore certains pays d'Amérique latine, était en vogue depuis 2028. Elle avait connu une accélération depuis 2 ans.

Ces vagues de migrations récentes créaient une situation inédite. Ainsi, le nombre de personnes employables étant en baisse, le recrutement des entreprises se tendait et faisait monter les salaires. Des conditions extrêmes, que les associations du patronat dénonçaient.

En réponse, le gouvernement fit voter une modification des lois sur la dette Covid et les usages sanitaires. Depuis avril 2031, les conditions ont évolué afin d'augmenter le nombre de mains-d'œuvre possible à partir de la population présente dans les ghettos.

Le SMIC venait d'être réévalué au mois d'avril, il est passé à 1 200 €. Tandis que les aides restent à 400 €. De plus, les mutuelles d'entreprises ont obligation de prendre en charge 40 % de la vaccination. Le reste à charge pesant toujours sur les finances des ménages, qui vivent grâce au travail dans le but de se loger, manger et payer les doses pour chaque membre de la famille.

Ces nouvelles mesures ont eu un impact direct : elles ont fait exploser l'inflation.

Une partie de ceux qui habitaient dans les ghettos et travaillant, a pu quitter ces territoires. Ils ont retrouvé la liberté sous contrôle de l'intelligence artificielle.

Un transfert de population qui a mis la pression sur la demande de logement. Une hausse des prix a relancé le secteur du bâtiment. Notamment, par le besoin de réhabilitation des logements anciens qui faute de locataires, sont restés vacants et laissés à l'abandon depuis plusieurs années.

Une nouvelle donne, dont l'effet provoqua un afflux de mains-d'œuvre venant des ghettos. En contrepartie, elle fut suivie d'une vague de licenciements.

Depuis la déréglementation du marché du travail, les patrons étaient libres de virer sans prétexte. Avant le nouveau SMIC, peu de gens étaient aux 800 €, le besoin de salariés avait impacté les salaires qui se fixaient autour de 1 500 € minimum.

Cependant, les nouvelles lois permettaient aux entreprises de recruter une main-d'œuvre à moindre coût, prête à tout accepter au nom d'une liberté retrouvée. Les employeurs licencièrent ceux qui refusaient de baisser leurs salaires.

Un effet pervers ayant pour conséquence d'envoyer une petite partie de ceux qui vivaient sur la corde raide dans la France libre, vers les ghettos.

Une classe ouvrière d'un nouveau genre était en cours de création, et cela, en quelques mois seulement. Une classe moins riche mais plus dépensière, et surtout plus nombreuse.

Par ces mesures, le taux de chômage était passé mécaniquement de 27 % à 18 %. Une aubaine économique et électorale pour le président, il visait son 4e mandat. Lui qui ne savait plus comment renouveler son électorat.

Dans ce climat politique, le livre de Pierre devint la cible de tout le pays.

La France ne voulait voir que son « bon côté », oubliant tous ceux vivant en marge des obligations.

Dans ces conditions, on ne pouvait imaginer laisser un sujet quel qu'il soit, devenir une source de conflit sociétal.

CHAPITRE 4

Pendant plusieurs semaines, Philippe était resté sans nouvelles de Pierre. L'angoisse de revivre le même dénouement qu'en 2025 avec Marc lui fit prendre les devants et foncer à Cestas.

En arrivant devant le domicile de Pierre, il ne pouvait que constater les tags d'injures et les stigmates des jets de projectiles de toute sorte. On aurait dit que la maison était abandonnée. Philippe fit le tour de l'habitation, et décida d'entrer par l'arrière à l'abri des regards.

Passé le choc olfactif de renfermé et de poubelle, il traversa la cuisine et accéda au salon.

À sa grande surprise, Pierre était là, allongé dans son lit au milieu du salon avec des bouteilles de bière à ses côtés. Il regardait encore et toujours la télévision.

— Qu'est-ce qui t'arrive ? Tu ne réponds plus à mes appels ?

Pierre se contenta de le regarder et de boire une gorgée.

— OK ! On en est là. Tu as décidé de te renfermer définitivement. T'es un prisonnier dans ta propre maison.

— Au moins, je suis tranquille et personne ne peut m'atteindre.

— Si tu veux que rien ne t'atteigne, commence par éteindre la télé ou du moins regarde autre chose que les chaînes d'infos. Si on peut encore les appeler comme ça. Quand on regarde les chroniqueurs qui interviennent, on a l'impression que c'est un concours de celui qui dira le plus de conneries.

— J'ai aussi reçu du courrier. Ils parlent de plaintes pour racisme, homophobie et plein d'autres choses. Et t'as vu ce qu'ils ont fait à ma maison ?

— Ne t'en fais pas, c'est juste la rançon de la gloire. Ton texte dérange les bien-pensants et l'ordre établi. Tu es devenu l'électron libre de notre société. Celui qui ose dire tout haut ce que plus aucun politique ose penser de nos jours. Ils sont trop occupés à défendre leur place et leur gagne-pain. Tu viens de donner un coup de fouet à la littérature française. Tu as réveillé toute la société de sa longue descente vers une normalisation. Ces dernières années, les gens ont perdu leur libre arbitre au profit d'une fausse liberté.

— C'est bizarre comme analyse. Pour ma part, je n'y vois principalement qu'une fin prématurée de ma vie tranquille. Et tu remarqueras que tout ça a commencé par l'article de l'autre. Même s'il te faisait plaisir, aujourd'hui, j'en subis les conséquences.

— Arrête de te plaindre. Depuis combien de temps, tu es enfermé dans ce discours de vilain petit canard ? Maintenant, tu as l'opportunité de sortir de ta boîte et de devenir celui qui donne la tendance. Allez ressaisis-toi !

— Franchement, t'es en campagne pour la présidentielle ou alors tu me prends pour un débile ?

— Pourquoi tu dis ça ?

— Ton interview de la dernière fois ne m'a pas aidé. On croyait que tu parlais d'un déséquilibré.

— Pourquoi tu ne vois que le négatif dans tout ? Tu as une chance formidable de faire quelque chose de différent. De quitter le confinement dans lequel tu es enfermé depuis 2020...

— Tu ne t'es pas demandé, si moi, je n'avais pas envie d'en sortir ? Après tout, j'y étais bien jusqu'à présent. En sécurité.

— En sécurité ? Dans le passé que tu ressasses à l'infini ! Personne ne peut prétendre se sentir bien dans cet état.

— Moi, si. J'y étais bien, et même heureux.

Philippe fixait Pierre, debout et n'ayant qu'une envie : le secouer.

Pierre dégageait l'image d'un enfant qui se sentait démuni face aux événements.

Un gamin qui ne souhaitait qu'une chose : retrouver sa quiétude. Au fond, sa vie aussi misérable qu'elle puisse paraître, lui convenait.

— Pierre, maintenant tu vas m'écouter. Lève-toi et va prendre une douche. Ensuite, on fera le ménage avant de se commander un vrai repas.

— Tu te prends pour mon père en me parlant comme ça ! Je suis plus un enfant et je sais prendre soin de moi. Va-t'en !

— Tu me chasses ? Et après, tu vas faire quoi ?

L'ambiance pesante rendait l'air de la pièce encore plus irrespirable. Philippe tourna les talons et prit le parti d'ouvrir les volets et les fenêtres. Un air frais d'automne s'engouffra dans la maison, chassant les odeurs nauséabondes. Cette fraîcheur eut un effet apaisant sur Pierre.

— Tu veux quelque chose à boire ?

— Seulement si tu te lèves et tu vas me le chercher.

Pierre sourit et se leva. Il chancela, non pas sous l'effet de l'alcool, mais parce qu'il était resté allongé depuis trop longtemps. Son corps chétif trahissait sa mauvaise nutrition et son manque d'activité physique. Il aimait rappeler que c'était un héritage du confinement.

Son comportement était symptomatique de la génération du XXIe siècle.

Depuis 2020, leur régime alimentaire était essentiellement basé sur les fast-foods et les plats livrés. Et ces dernières années, les plats venaient tous des nouvelles cuisines centrales.

À côté de cela, le manque d'exercice d'abord lié aux fermetures des salles de sport, dont beaucoup n'ont jamais rouvert, était dû à une flemmardise et une surconsommation des plateformes de streaming héritage des années Covid.

Les enfants ayant pris l'habitude de jouer et faire du sport sur leur console ne fréquentent que rarement les stades. D'autant plus qu'il leur fallait un « pass-vaccinal » hors de prix pour beaucoup de familles. Ces dernières choisissaient de les laisser à la maison et au mieux, ils prennent des cours par visioconférence.

La société actuelle comptait un taux d'obèses jamais atteint dans l'histoire de France et de l'humanité. Les maladies cardiovasculaires battaient tous les records comparativement à avant 2020. Les médecins ne se plaignaient qu'à demi-mot.

Les multinationales finançant les chaînes de télévision par la publicité, avaient plus de poids que les avertissements qui servaient à lutter contre le surpoids et les maladies en découlant.

De surcroît, les laboratoires avaient acquis tant d'argent depuis le début de la crise, qu'ils encourageaient cette mauvaise santé généralisée.

La société maladive était une aubaine pour vendre des médicaments et autres programmes de régime à base de compléments alimentaires.

Le pouvoir des multinationales en tous genres s'est accru au fil des catastrophes des années vingt. Cependant, parmi eux, il y a ceux dont la puissance est devenue sans égale. Les laboratoires pharmaceutiques ont ainsi profité de la crise sanitaire et de leur proximité avec les hautes instances médicales pour faire de profonds réajustements de notre société.

Tout d'abord, ils poussèrent la Haute Autorité de Santé à se fusionner avec le Haut Conseil Scientifique. Une nouvelle entité qui donna naissance à la Haute Autorité Scientifique, et sa branche la Haute Autorité Médicale.

Cette dernière reçue comme première mission de se mettre en chasse des pratiques dites déviantes. Celles qui n'utilisent pas de médicaments.

Son principe de fonctionnement était simple, elle ne validerait que ce qui est scientifiquement prouvé.

Pour ce faire, elle demanda à toutes les composantes de la médecine et du paramédical de rendre un dossier avec une expertise scientifique basée sur des expériences dites randomisées. C'est-à-dire qu'il fallait des essais cliniques avec deux groupes tests, l'un sous placebo et l'autre utilisant réellement les produits ou pratique soignante.

Cette demande eut pour effet immédiat d'exclure toutes les médecines douces.

Comment faire pour randomiser les spécialités comme l'ostéopathie, l'acupuncture, l'hypnose, la sophrologie, ainsi que toutes les autres pratiques basées sur du ressenti ?

De fait, ces pratiques tombèrent dans le domaine du loisir, non remboursable par les mutuelles. Les centres de cure thermale échappèrent de peu à ce funeste sort, et ce, malgré des siècles d'expériences. Les pratiques de bien-être furent toutes exclues des hôpitaux, telles que le QI-Gong et la méditation.

La suite de cette chasse fut de mettre au pas les généralistes qui parlaient encore d'homéopathie. La radiation de certains médecins accusés de charlatanisme fit rentrer les derniers récalcitrants dans le rang.

Dès 2026, la France a pris une série de mesures à l'égard de l'hôpital public. Elle est maintenant composée que de grands centres médicaux regroupant le maximum de spécialités en un seul lieu. Le but étant de faire des économies d'échelles, ce qui faisait dire à leurs détracteurs qu'on avait inventé « *les usines de la santé* ».

Ces structures gigantesques comprenaient des centres universitaires hors normes, dans lesquels il suffit de signer une simple décharge, en échange de quoi, n'importe quel patient a accès à toute sorte de médicaments expérimentaux.

Des expérimentations thérapeutiques qui se faisaient sous le contrôle des laboratoires avec la bénédiction de la Haute Autorité Médicale. Une mesure dont la jurisprudence s'appuyait sur la diffusion des premiers vaccins anti-Covid. Ils ont eu le droit d'être utilisés à grande échelle avec un visa d'exploitation faisant mention « *vaccin expérimental* ».

Et si la Haute Autorité Scientifique a pu voir le jour, c'était sans compter sur le rôle déterminant des complotistes en tout genre. Ces hommes et ces femmes qui refusaient de se soumettre au système établi.

Par leur propos dispersé, ils devinrent leur propre caricature, à l'opposé de leurs objectifs et de leurs attaques. En effet, malgré leurs actions sur les réseaux sociaux, ils n'avaient pas réussi à changer la donne.

Alors, des groupes plus radicaux se sont formés. En 2025, ils ont opéré leurs premiers attentats avec des victimes. Ces actions ont visé avant tout les médias.

Les complotistes de l'époque, les accusaient d'avoir un parti pris pour le pouvoir en place. Leur haine dégénéra et ils tuèrent plusieurs dizaines de journalistes.

Une attaque qui marqua l'Histoire des années vingt et déclencha une réponse étatique immédiate.

Les lois « anti-conspirationnistes » furent votées et permirent l'arrestation de toutes les personnes propageant des fake news et les théories de complots.

Une situation qui a atteint son paroxysme avec une censure systématique. Il fut ordonné par décret l'interdiction à la vente et à la circulation sous quelque forme que ce soit des œuvres littéraires telles que « 1984 », « Le meilleur des mondes » ou encore « Fahrenheit 451 », ainsi que tous les livres considérés comme entretenant la sphère complotiste.

Pourtant, lors du procès des terroristes qui ont attaqué les journalistes, une question primordiale fut soulevée : « *Qu'est-ce qu'une fake news ?* »

Pour y répondre avec précision, la Haute Autorité Scientifique fut chargée de classifier ce qui est vrai de ce qui est faux. L'institution devenant la seule à définir ce qu'est « *La Vérité* ».

Dans la guerre aux fausses informations, gangrenant la société du début du XXIe siècle, il fut imposé aux opérateurs des réseaux sociaux de bloquer et de transmettre à la police toutes les données concernant leurs auteurs.

On bascula définitivement dans une chasse aux sorcières, ayant pour finalité la recherche de la vérité contre les mensonges.

Il était fort loin le temps où les lanceurs d'alerte tentaient de faire surgir la vérité. Aujourd'hui, ils sont considérés systématiquement comme des conspirationnistes.

De leur côté, les hackers propageant leurs découvertes illégales, surtout quand elles mettent en cause une multinationale, sont dorénavant considérés comme des complotistes. Peu importe la véracité de leur propos, ils sont inéluctablement poursuivis.

Dans cette guerre d'information, un élément majeur joua en la défaveur des hommes et des femmes en quête d'une vérité, ce fut le mélange des genres. En particulier, le besoin que certains ont eu à raccrocher leur action à la thèse antisioniste.

Une charge qu'ils ont relayée sur Internet contre les banquiers juifs qui contrôleraient le monde.

Pour couronner le tout, le psychanalyste Erickson démontra par ses recherches que le complotisme était un désordre mental provenant d'un déséquilibre psychologique.

En effet, il expliqua que l'altération de la réalité chez certains de ses sujets d'études adeptes des théories du complot, faisait état d'une déformation de certaines cellules du cerveau. Celle-ci entraînait de fait, cette vision biaisée du monde.

Suite à ces travaux et à son analyse psychiatrique, le professeur Erickson fut élevé au rang de spécialiste du complotisme. Même si de nombreux psychiatres furent sceptiques et contre cette approche, aucun d'eux n'osa remettre en cause ces résultats.

La pression des pouvoirs publics et les intérêts commerciaux, ne leur laissèrent d'autres choix que celui d'admettre qu'Erickson avait raison.

Ainsi, dans tous les médias, ils affirmèrent qu'il ne pouvait y avoir aucun doute sur sa véracité.

Pourtant, des groupes d'activistes prirent le risque de dénoncer sur Internet l'origine du financement des expériences du professeur. Naturellement, on y retrouvait les laboratoires pharmaceutiques. Ceux qui demandèrent à la Haute Autorité Scientifique de valider qu'Erickson avait raison envers et contre tout.

Cette nouvelle maladie s'appelle la paranoïa post-Covid, que des psychiatres ont promptement entrepris de soigner. Des médicaments furent mis sur le marché dans les plus brefs délais afin d'aider les médecins dans leur travail et d'éviter la propagation de cette nouvelle pathologie.

Cette classification du complotisme en maladie mentale, ne fit qu'envenimer la situation. Le terrorisme conspirationniste augmenta de façon exponentielle durant les années de 2026 à 2029. Les complotistes voyaient en la figure présidentielle un manipulateur au service des financiers et des plus riches de ce monde.

La société française oscillait dans une ambiance de terreur où des attaques contre les institutions et les députés de la majorité s'accentuaient. Cela allait des hackers qui étalaient sur la place publique la vie et les moindres secrets des élus, aux agressions physiques blessant et tuant certains d'entre eux. Les complotistes sont devenus le nouvel ennemi à abattre à tout prix.

En réponse à toutes ces attaques, l'exécutif promulgua les lois d'exception, qui évolueront en définitive. Ces impératifs sont encore en cours actuellement, et à l'origine de toutes les contraintes limitantes des libertés qui s'appliquent à tous. Chacun doit suivre et obéir aux règles.

Selon les opposants au système, le pays était entré dans une nouvelle forme d'autoritarisme, qui facilitait et favorisait un libéralisme basé sur la privatisation à tout va. Pour son bon fonctionnement, le rôle de la police privée y est central dans le maintien au pouvoir et la continuité des institutions en place.

Tandis qu'une majorité des Français, y voyait un mal nécessaire à la préservation d'un art de vivre séculaire. Une vie de compromis avec plus de contraintes, mais qui leur semble plus sûr face au prétendu danger diffusé à la télévision.

De leur côté, les oppositions politiques se retrouvèrent toutes piégées entre dénoncer les dérives et être accusées de conspirateurs. Ce savant cocktail qu'elles ne surent jamais trouver, laissa le champ libre au président pour sa réélection en 2027.

La crise sanitaire avait lentement engendré un monde pire que le précédent pour une majorité de Français. Le fossé entre riches et pauvres était maintenant abyssal. Et comme dans toute société à fortes inégalités, les extrêmes trouvèrent une place de choix.

La distanciation sociale enfanta d'une distanciation communautaire. Chacun se sentant plus en sécurité auprès de ce qui lui ressemble. Le « Grenn-Pass » en vigueur partout dans le monde autoproclamé libre, avait conduit les nations à une fermeture et un repli sur soi.

Les voyages hors d'Europe étaient réservés à une élite. D'autant que le retour de certains pays jugés peu sûrs au niveau des conditions sanitaires, nécessitait une quarantaine de quinze jours et des tests hors de prix pour faire revalider son « pass-vaccinal ».

Le monde d'Après, dont avaient rêvé certains optimistes s'est transformé en un cauchemar.

À l'approche de la nouvelle élection présidentielle de 2032, le président n'avait aucun véritable opposant. Les plus virulents ont été condamnés pour conspirationnisme, les autres n'ayant pas grand-chose à dire. La machine électorale était donc bloquée par le cadrage de la pensée.

Une pensée soumise à l'interprétation et la validation de la Haute Autorité Scientifique.

CHAPITRE 5

Dans ce climat compliqué, Pierre et son livre détonnaient et faisaient grincer des dents les nantis. Ceux qui regardent le reste de la société du haut de leur piédestal : d'un côté une France libre dans ses gestes, mais enfermée dans ses peurs, contre celle des insoumis enfermés dans les ghettos et revendiquant une liberté de penser.

Un combat perdu par les derniers, pour lesquels le livre représentait un moyen de mettre en lumière toutes les franges de la société en souffrance. Une occasion aussi de réclamer un peu de justice, même si le pouvoir central ne semblait pas près d'en concéder.

Philippe, s'appuyant sur cette dynamique, tenait absolument à ce que Pierre participe à une interview dans une grande messe médiatique. Son but était que Pierre reprenne le contrôle de la communication autour de son texte, mais également qu'il réinvente sa vie.

En le proposant, Philippe ne s'attendait aucunement à ce que Pierre accepte aussi facilement. D'autant qu'en le faisant, l'écrivain se mettait à son insu en position d'opposant politique. Une posture dont il n'imaginait pas encore les conséquences.

Philippe s'empressa de courir à Paris, et de proposer son idée au plus offrant. Il ne tarda pas à vendre son programme. Dès le lendemain, il se rendit à l'invitation du directeur des programmes de la principale chaîne d'information en continu, afin d'organiser avec la production les conditions de ce grand moment de télévision.

— Bienvenue, asseyez-vous. Alors votre auteur est enfin prêt à répondre aux questions du public ?

— Totalement ! Il va surprendre tout le monde. Vous verrez, c'est un homme très intelligent et qui a de la repartie.

— Formidable, il lui en faudra pour répondre aux questions de Miranda.

— Vous avez choisi Miranda ! Pourtant, c'est une journaliste politique, elle est loin de son domaine.

— Au contraire, cette histoire est politique. Et vous la connaissez, elle aime ce genre de challenge.

Philippe la connaissait parfaitement, vu que c'était son ex-femme. Ce choix était un problème quand on sait qu'elle avait interviewé les plus grands de ce monde depuis quinze ans.

— Justement, elle est là. Elle tenait à participer à notre entrevue.

— Miranda entre, je ne présente pas Philippe.

— Comment vas-tu, mon cher ex-mari ?

— Très bien, Miranda. Quoique je sois surpris de te voir dans cette aventure.

— Tu n'imagines pas l'importance qu'a prise cette histoire. On en parle jusqu'en plus haut lieu. Je t'avoue que tu as réussi un coup de maître avec ce roman. Tu es l'homme le plus en vue dans les hautes sphères.

— Heureux de l'apprendre. Toutefois, je ne reste qu'un petit éditeur.

— Un éditeur avec du flair. Et ça, c'est une qualité recherchée de nos jours.

— Bon ! Passons au côté pratique de l'émission, interrompit le directeur des programmes. Nous allons sur un format comme celui que vous avez eu à votre dernière visite chez nous. Cela vous convient ?

— Oui, c'est une formule qui me va. On part sur un format de 30 minutes.

— Non. On aura droit à une heure, par tranche d'un quart d'heure pour les publicités, répondit Miranda.

— Pourquoi si long ?

— Je souhaite qu'on puisse faire le tour de toutes les questions que se posent nos téléspectateurs.

— Tu ne penses pas que c'est trop long et que ça risque d'être ennuyeux ?

— Je te l'ai dit, cette intervention de ton auteur intéresse au plus au lieu. Nous souhaitons avoir le maximum de retour du public.

— En gros, tu vas faire un débat à grand spectacle. Et qu'est-ce que j'y gagne moi là-dedans, à laisser Pierre se faire malmener par toi ?

— Selon ses réponses, tu gagneras le droit de n'être que son éditeur et rien d'autre.

— C'est une menace ça !

— Juste une mise en garde. Mon cher ex-époux.

Philippe comprit que la situation lui échappait. Ne voulant pas perdre la main, il tenta une diversion.

— Dis-moi Miranda, ce n'est pas un échec pour toi de faire cette interview ? Passer des politiques à un sujet de culture.

— Il n'y a plus rien de culturel dans ce livre. Les discussions sur les réseaux sociaux montrent que nous sommes dans un grand débat de société. J'ai donc toute ma place ici. Ne t'imagine pas que je suis là uniquement pour te nuire.

— Mais si au passage, tu peux m'enterrer, tu t'en feras un plaisir non dissimulé.

— N'en fais pas une affaire personnelle et restons professionnels. C'est toi qui en retireras les bénéfices dès que tout ceci sera fini.

— Comme d'habitude, on ne peut pas avoir une discussion normale avec toi.

— Pourquoi tu fais ça ? Tu cherches à m'écarter parce que t'as peur pour ton auteur ! Je te connais, alors fais comme tu l'as toujours fait, et profite pour t'en mettre plein les poches. Pierre, c'est déjà du passé. Il va vivre son quart d'heure de gloire et après, on en parlera plus.

Un silence mit fin à l'échange. Personne ne savait comment rebondir. Le directeur des programmes prit le parti de mettre un terme au rendez-vous.

— Bon, je crois que tout est dit. L'émission est programmée pour le 23 novembre à 20 heures en direct.

— Où aura-t-elle lieu ?

— Dans nos studios. Pourquoi ?

— Je ne suis pas sûr que Pierre soit à jour de ses vaccins.

— Comment ? Mais qu'est-ce qu'il fait en dehors d'un ghetto ?

— Attendez, je vous ai dit que je ne suis pas sûr. Je vais m'en assurer et vous tenir au courant.

— Faites vite, car nous avons lancé les spots promotionnels et commencé la vente des espaces publicitaires.

— Ne vous inquiétez pas, je ferai en sorte qu'il soit là et dans les règles.

— Je n'en attendais pas moins de toi, conclut Miranda.

Dès la fin du rendez-vous, Philippe contacta Pierre, ce dernier fut surpris de la question. Il était évidemment vacciné et à jour. Il tenait trop à sa vie en dehors des ghettos.

Pour sa part, la machine médiatique était lancée. Les annonces de cet événement comme un débat sociétal de premier ordre, firent monter la pression sur les réseaux sociaux.

Alors que beaucoup de gens avaient lu et aimé le livre, peu d'entre ceux vivant hors des ghettos, osèrent afficher leur soutien à l'auteur. Certains partisans particulièrement actifs, voire virulents sur les réseaux sociaux, avaient eu droit à la visite de la police antiterroriste. Certaines remarques tombant sous le coup de la loi contre les complotistes.

Pendant ce temps, Philippe mettait tout en œuvre pour préparer Pierre. Il connaissait les qualités journalistiques de son ex-femme. Il expliqua à Pierre qu'il fallait se méfier d'elle. Il la décrivait comme une hyène prête à tout pour avoir le dernier mot. En particulier, elle savait déstabiliser son interlocuteur, surtout quand il s'agissait de le détruire. Elle n'avait eu aucun scrupule à ruiner la carrière des opposants au pouvoir en place.

— Pierre, il faut te méfier d'elle. C'est la plus forte quand il s'agit de créer des imprévus qui viennent pimenter l'interview.

— Tu penses que je dois quand même faire cette émission ?

— Maintenant que t'es monté dans la machine, tu ne peux plus faire marche arrière. Tu perdrais toute crédibilité auprès du public.

Pierre acquiesça, même s'il faisait tout cela dans le seul but, celui de reprendre le cours normal de sa vie. Un souhait qui démontrait qu'il était loin de la réalité et des enjeux de son intervention.

La veille de l'émission, Pierre était anxieux, mais résolu à mettre un point final à tout ceci. Pour lui, l'histoire de son livre se terminait le lendemain à 21 heures, ce n'était au fond qu'un mauvais moment à passer.

Le jour J, Pierre et Philippe arrivèrent sur le plateau de tournage à 16 heures. Après les formalités de contrôle dont le « pass-vaccinal », ils furent conduits à leur loge. Là, tout était fait pour que Pierre puisse se détendre en attendant le début de l'émission.

Pendant ce temps, Philippe alla au débriefing avec le responsable de la production et le réalisateur. En revenant voir Pierre, il vit celui-ci entre les mains de l'habilleuse et de la maquilleuse.

Le début de l'émission approchait et la tension se faisait sentir. Miranda vint saluer Pierre vingt minutes avant le début de l'émission. Une visite qui impressionna Pierre.

La beauté de cette femme de 48 ans et de son charisme l'avait troublé, et on peut dire qu'elle avait déjà pris le pouvoir.

CHAPITRE 6

Le moment était arrivé, Pierre devait se rendre sur le plateau. La peur qu'il essayait de contenir provoqua une poussée d'adrénaline. Il était tétanisé par l'événement. Il n'arrivait plus à s'exprimer clairement. Une assistante voyant son mal-être vint le voir et lui faire faire quelques exercices de respiration. Il fallait qu'il puisse parler afin que le show ait lieu.

Miranda le regardait avec un petit sourire. Une confiance qui fit comprendre à Philippe que l'heure de la mise à mort était venue. Cela allait marquer la fin de cette aventure dont il avait voulu être le chef d'orchestre, mais qui lui avait complètement échappé.

— Bonsoir à toutes et à tous. Ce soir, nous nous retrouvons pour une émission spéciale sur le thème du roman « *Libéré des pressions* ». Et pour en parler nous recevons son auteur Pierre Contance. Bonsoir, Pierre.

— Bonsoir, merci de m'accueillir.

– Cette soirée sera comme d'habitude en direct à la télévision et sur toutes les plateformes numériques. Et bien entendu, vous pourrez intervenir via tous les réseaux sociaux afin de faire part de vos remarques et poser vos questions. Entrons dans le vif du sujet, dites-nous Pierre, d'où vous sont venus les sujets de votre livre ?

– Mon inspiration vient de mon vécu et des observations que j'ai pu faire sur le monde qui nous entoure.

– C'est vague, comment par exemple vous avez eu l'idée de parler de l'homosexualité à travers ces deux personnages que tout sépare ?

– J'ai eu des amis homos qui m'ont parfois fait part de leurs difficultés et j'ai essayé de trouver un angle d'approche permettant d'être romanesque.

– Vous n'avez plus d'amis homos ?

– Si. Seulement ces dernières années, je me suis quelque peu replié sur moi-même sans voir mes amis, quels qu'ils soient.

– Ne serait-ce pas tout bonnement, parce qu'ils ont quitté la France ? On m'a dit que votre histoire ressemblait à une histoire vraie qui s'est déroulée il y a 5 ans.

Pierre était pris au dépourvu, comment savait-elle la vérité ?

— Ça va, Pierre ? Vous semblez perdu.

— Comment connaissez-vous la vérité ?

— Nous avons nos sources, vous ne pensiez pas que l'on puisse retrouver vos amis à travers votre texte ?

— Mais...

— Vous vouliez ajouter quelque chose ?

— Non. J'espère qu'ils ne sont pas en danger.

— Pourquoi le seraient-ils ?

— Leurs familles étaient totalement contre et les menaçaient.

— Vous voulez dire que vous les avez mis en danger en publiant votre livre ?

— Non, personne ne devait savoir...

— Terminez vos phrases, nos téléspectateurs aimeraient savoir ce que vous pensez.

— J'ai écrit ce livre pour parler des malheurs qui touchent nombre de nos concitoyens et dont personne ne parle plus. Aujourd'hui, on doit faire attention à tout ce qu'on dit de peur d'être hors de la ligne bien-pensante ou pire d'être taxé de complotiste.

— Vous voulez dire que nous n'avons plus de liberté d'expression en France ?

— Je dis juste que la liberté est limitée dans un cadre légal strict.

— Mais qui vous empêche de vous exprimer ? Aujourd'hui, votre livre est publié et connaît un tirage à grande échelle. Vous êtes actuellement le numéro un des ventes.

— Peu importe le classement et les ventes, mon livre est aujourd'hui sur le banc des accusés pour les thèmes que j'ai traités.

— Vous utilisez des mots forts. On croirait que vous êtes devant un tribunal. Que je sache, vous n'êtes pas poursuivi par la justice, n'est-ce pas plutôt une forme de paranoïa de votre part ?

— Je ne pense pas que les commentaires sur Internet, tout comme le traitement de mon livre par la télé, soient normaux. Sans oublier les courriers et les menaces que j'ai reçus.

— Beaucoup d'artistes sont soumis à ce type de traitement. Cela vient avec la gloire et les honneurs, il n'y a rien d'anormal dans ce que vous me dites. Avant de poursuivre, nous allons marquer une courte pause.

Pierre était en nage et Philippe s'empressa de le rejoindre.

— Tu t'en sors très bien. Continue comme ça, il y a de plus en plus de gens qui te soutiennent.

— Merci pour tes encouragements. C'est toi qui leur as donné toutes ces infos sur moi et mon livre ?

— Non ! Mais connaissant Miranda elle est prête à tout pour avoir des infos sur ces invités.

Ils n'eurent pas plus de temps pour échanger, l'émission allait reprendre.

— Nous sommes de retour avec Pierre Contance et son roman « Libéré des pressions ». Nous allons continuer de faire connaissance, et parler de vos sources d'inspiration. De qui vous êtes-vous inspiré pour le personnage féminin principal ?

— D'une personne que j'ai connue dans le passé.

— Pourquoi êtes-vous si gêné d'en parler ? Y aurait-il quelque chose de gênant dans votre relation avec votre amie ?

— Je ne sais pas si c'est une vraie question ou juste une ruse pour me piéger ! Depuis le début, vous semblez connaître à l'avance les réponses à vos questions. Et en même temps, vous jouer à celle qui découvre les secrets. Vous vous faites passer pour la journaliste qui me pousse à des révélations que vous savez déjà.

— Pourquoi vous m'attaquez ? Je suis là dans le seul objectif de vous poser les questions que le public souhaite vous poser. Les gens se demandent qui vous êtes pour leur imposer vos idées et d'où vous viennent ces idées. Comment en arrive-t-on à écrire ce genre d'histoire ?

— Comme nous en parlions tout à l'heure, ma liberté s'exprime dans mes écrits. Dans notre société, pouvoir dire ce qu'on pense sans craindre d'être censuré, voire de se faire arrêter, est devenu un luxe.

— Vous n'êtes pas d'accord avec la politique et la société dans laquelle nous vivons ?

— Je la trouve injuste et sectaire. Elle sépare les gens et ne profite qu'à une minorité qui abuse de ses pouvoirs sur la majorité.

— Vous vous exprimez comme s'il y avait eu dans l'histoire une période où les choses étaient différentes ! N'est-ce pas un peu utopiste ce que vous venez de dire ?

— Il y eut un temps où on voulait aller vers un monde meilleur. Mais aujourd'hui on ne se cache plus : le seul objectif est d'avoir une majorité soumise au service des plus aisés. Une société dans laquelle les hommes politiques sont au service des plus riches et non de l'ensemble de la population. Les nouvelles lois sont discriminantes. Elles obligent les travailleurs à se soumettre aux exigences du patronat. Vous ne pouvez travailler que si vous êtes en règle avec tous les critères imposés. Ils permettent à une petite partie de la population de se croire en sécurité. Depuis les premières lois sur les conditions sanitaires, celles-ci n'ont fait qu'évoluer en obligations qui imposent à chacun l'hygiénisme. Le but est d'éviter qu'une minorité ne meure d'une possible maladie contagieuse. De nos jours, pour circuler librement, nous avons dix-sept vaccins obligatoires à mettre dès notre plus jeune âge. Ensuite viennent les rappels contre toutes les maladies, même les plus bénignes. Sans ces injections, on est automatiquement exclu de tous les lieux culturels et sportifs. Une hypocrisie de plus, quand on constate que les plus grands sportifs de notre pays sont originaires des ghettos.

— Vous semblez très remonté contre notre système de santé. Pourtant, c'est à ce prix que nous sommes libres de vivre. Vous êtes vous-même libre de vivre et de voyager où bon vous semble. Qu'est-ce qui vous gêne dans le fait, que tout un chacun souhaite être en sécurité dans ses déplacements quotidiens ?

— Si ma liberté n'est possible qu'en sacrifiant le libre arbitre d'une partie du reste de la population, qui souhaite promouvoir une autre façon de vivre ; alors cela fait de moi un être réactionnaire. Après tout, nous ne sommes pas obligés d'être tous identiques. Et quand on essaie d'imposer par la loi une unique façon de concevoir le monde, cela fait de nous les tortionnaires envers les gens différents.

— Vous estimez être un tortionnaire ?

— Tout comme vous !

— Sur ces mots que nous allons méditer, nous allons marquer une pause publicitaire, à très vite.

Miranda regardait Pierre avec le sentiment qu'il l'avait manipulé. Elle qui pensait mener les débats. Pourtant, lors de ces derniers échanges, elle n'arrivait pas à le diriger là où elle voulait.

De son côté, Pierre était heureux d'avoir pu éviter de parler de sa meilleure amie. Il avait réussi à l'éloigner des feux des projecteurs, contrairement à ses autres amis gays.

Malgré tout, l'heure n'était pas aux réjouissances, il restait encore une demi-heure et il venait de démontrer son opposition à la politique en place.

Il savait que maintenant tout était contre lui. Il n'avait donc plus rien à perdre.

— Nous sommes de retour pour la seconde partie de ce débat fort intéressant avec notre invité. Il n'hésite pas à afficher clairement sa vision politique et ses idées d'opposition à notre gouvernement. Alors Pierre, dites-nous quel est le véritable sens de votre livre. Cette envie de dénoncer ce que vous n'aimez pas dans notre société ne vous vient-elle pas de ce qui est arrivé à votre père ?

— La police privée si importante pour le pouvoir en place. Celle qui a tué mon père et ne fait que prospérer au travers de sa main mise sur les ghettos. Nous avons quand même fait le choix d'enfermer jusqu'à 40 % de la France sous la surveillance des polices privées. Pensez-vous que c'est normal ?

— Comme beaucoup de nos téléspectateurs le disent sur les réseaux, je pense que notre vie vaut bien quelques sacrifices. Nous préférons avoir une liberté relative, même au détriment de ceux qui ne souhaitent pas convenir aux règles qui sont établies par notre démocratie. Plutôt qu'une vie dans un monde incertain où chaque rencontre peut vous transmettre une maladie. Nous avons choisi librement un président et son gouvernement, ils sont là pour prendre soin de la majorité. Cette France qui écoute et applique les mesures. L'État protège l'essentiel : notre mode de vie !

— C'est vrai qu'actuellement, les variants Covid, la grippe ou encore la gastro sont des maladies avec lesquelles on refuse de vivre. On peut aussi parler des MST. Tous les sites de rencontre obligent leurs utilisateurs à fournir un certificat médical de moins de 6 mois. Ils prétendent garantir la bonne santé des futurs couples. Pourtant, il fut un temps, où tout cela faisait partie de notre quotidien. Avant 2020, on vivait avec toutes ces maladies, sans se soucier d'elles. On acceptait que l'on puisse en mourir. Alors, pourquoi de nos jours, nous avons fait le choix de se fabriquer un monde aseptisé ? Les gens se comportent comme s'ils étaient devenus immortels.

— La science avance rapidement et contrairement à ce que vous pensez, nous aurons un jour la possibilité de vaincre la mort. Vous vivez comme beaucoup de nos concitoyens dans un flou qui vous rend paranoïaque. Vous êtes resté dans un monde figé, dans un univers de fatalité. Nous avons eu de la chance, d'avoir un président qui a fait les choix nécessaires à la préservation de la vie. Le plus important est qu'en dépit de tous les malheurs que nous avons connus, nous avons su préserver notre mode de vie et notre système économique. Des choix qui nous ont empêchés de finir comme l'Italie, qui depuis a plongé dans la misère. Il est agréable de pouvoir se balader et de s'arrêter à une terrasse pour boire un café sans se poser la question : « *Est-ce que notre voisin de la table d'à côté ne va pas nous refourguer une maladie ?* ». Je ne peux pas comprendre cette idée que vous avez de refuser le bien-fondé de notre nouvelle société ?

— En vous écoutant, je pense à ce qui s'est passé il y a quatre siècles. À cette époque vivait un homme qui a prétendu que la Terre est ronde et tourne autour du soleil. Tandis que tout le monde, dont ses pairs, convenait qu'elle était plate car ils favorisaient la théorie géocentrique. Galilée fut donc condamné à renier ce qu'il avait découvert. Au regard de l'Histoire, on se rend compte que si cette tragédie se passait aujourd'hui, Galilée serait attaqué pour fake news. Et selon les lois actuelles sur le conspirationnisme, il serait condamné à la prison ferme. Vous voyez la nouvelle société dans laquelle nous vivons ? Et dites-moi franchement, en quoi est-elle meilleure que par le passé ? Elle n'a rien à envier aux époques obscures de l'inquisition !

— Vous prétendez que nous n'avons pas évolué depuis quatre siècles ?

— Si nous avons évolué ? En réalité, quasiment pas. On peut même dire que depuis dix mille ans, nous sommes toujours en quête de la même chose : offrir de la liberté et de l'équité à chaque Humain.

— Votre discours trahit votre fascination pour les thèses complotistes. Ces démonstrations sans sens, n'ont pas cessé d'attaquer et d'affaiblir notre démocratie ces dernières décennies. Finalement, depuis tout ce temps, vous vous cachiez en attendant de faire ressortir votre message antigouvernemental. Vous n'êtes que le porte-parole de cette petite communauté de personnes qui refusent le progrès scientifique. Vous avez peur du changement et vous vous enfermez derrière des convictions sans fondement.

— Je vous arrête tout de suite, qu'est-ce qu'il y a de scientifique dans le fait d'avoir sacrifié ma jeunesse et celle de toute ma génération ? Tout cela n'a servi qu'à sauver la vieille Europe ! Du confinement au « *pass-sanitaire* », pour finir avec le « *pass-vaccinal* », on a sacrifié la nouvelle génération. Une génération qu'on a accusée de tuer leurs aînés parce qu'elle voulait vivre et non seulement survivre. Des aînés qu'on souhaitait sauver quoi qu'il en coûte à la jeunesse et au pays. Ma mère est morte non pas de la Covid comme inscrit sur son certificat médical, mais bien du cancer qui s'est accéléré suite à la déprogrammation de son opération.

— Vous voulez dire que les médecins se sont trompés dans leur diagnostic ? C'est une accusation grave, néanmoins hors de propos quand on connaît la situation de l'époque.

— Vous parlez comme d'un fait historique. Pourtant, vu que l'histoire est validée par la Haute Autorité Scientifique, on peut se poser des questions. Mais non, j'exagère, comment pourrions-nous douter de son impartialité ?

— Votre ironie est la preuve que vous ne croyez plus en notre système sociétal et démocratique. Vous êtes conscient qu'en disant ça, vous risquez de gros problèmes ?

— Totalement. Je l'assume, notre démocratie va ensuite m'interdire de voter comme il le fait avec ceux des ghettos. Le président ne représentera plus que la petite France des nantis et de ceux qui profitent du système. Enfin, de tous les résignés comme vous qui croient qu'ils sont dans une France libre.

— Vos insultes envers la majorité d'entre nous montrent que vous ne méritez pas le respect que certains vous portaient.

La suite des débats ne fut qu'une longue mise en accusation de Miranda, poussée par le public des réseaux sociaux crachant son venin derrière les écrans. L'interview devint une accumulation de preuves qui servira plus tard au procès.

Pierre fut arrêté deux jours après l'émission. Le procès eut lieu en février 2032 un peu avant la fin de la campagne présidentielle.

Il servit les intérêts du président sortant qui en profita pour démontrer aux votants que ses opposants ne voulaient qu'une chose : détruire la France. Notamment, ceux qui prônent le principe de libérer la pression sur les ghettos. Une population incapable de se soumettre aux simples exigences de la loi.

On ne leur demande que de suivre les recommandations de la nouvelle société.

L'obéissance est le premier devoir d'un bon citoyen.